소

마이노리티시선 35

# 소

지은이 〈객토문학〉 동인
펴낸이 조정환
책임운영 신은주
편집부 김정연 오정민

펴낸곳 도서출판 갈무리  등록일 1994. 3. 3.  등록번호 제17-0161호
인쇄 2012년 10월 10일  발행 2012년 10월 20일
종이 화인페이퍼  인쇄 중앙피앤엘  제본 일진제책

주소 서울 마포구 서교동 375-13호 성지빌딩 101호
전화 02-325-1485  팩스 02-325-1407
website http://galmuri.co.kr  e-mail galmuri@galmuri.co.kr

ISBN 978-89-6195-055-8 04810 / 978-89-86114-26-3 (세트)

값 7,000원

* 이 시집은 한국문화예술위원회 경상남도 경남문화재단으로부터 제작비 일부를 지원받아 출간되었습니다.

이 도서의 국립중앙도서관 출판시도서목록(CIP)은 e-CIP홈페이지(http://www.nl.go.kr/ecip)와 국가자료공동목록시스템(http://www.nl.go.kr/kolisnet)에서 이용하실 수 있습니다.(CIP제어번호 : CIP2012004568)

# 소

〈객토문학〉 동인 제9집

갈무리

# 9집을 내며

우리 조상들은 소를 생구生口라 불렀다.

생구는 원래 한 집에서 같이 밥을 먹고 사는 사람을 지칭했는데, 소를 사람과 똑같이 하나의 소중한 생명으로 여겼던 것이다. 일찍이 우리 민족공동체와 동고동락한 〈소〉가 겪고 있는 오늘날의 참혹한 상황은 이루 말로 다 표현할 수 없다.

자본주의가 맹위를 떨치면서 소가 생구의 지위에서 쫓겨난 것은 오히려 자연스러운 일인지 모른다. 2012년 3월 15일 발효된 한미FTA로 인해 밀려들어오는 미국산 소에게 자리를 내어 줄 수밖에 없는 것이 우리 농촌과 축산농가의 현실을 단적으로 말해주고 있다. 소와 축산농민의 현실과 비애, 갈수록 폭등하는 사료 값으로 굶어 죽거나 구제역으로 살처분 당한 수천 마리의 소를 시詩로써 승화시켜 내는 작업은 의미 있는 작업이기도 하지만 한편으론 엄숙한 일이기도 했다.

1986년 폭발한 우크라이나 체르노빌 원전 사고는 전 세계를 불안에 떨게 하였다. 그러나 그 이후 우린 또 얼마나 그 사실을 상기想起하고 있었던가? 일본 후쿠시마 원전 사고가 일어났을 때 방사능 물질이 한반도까지 날아 올 것이라는 관측과 예측이 우리를 불안하게 했지만 또 잊고 산다. 이번 사고를 계기로 일본은 향후 몇 년 후에 원전을 폐기하고 대안 에너지를 사용하기 위한 정책을 수립했지만 우린 오히려 원전에다 나라의 미래를 걸고 있다. 이게 무슨 조화인가?

고리원전에서 생산한 초대형 초고압 76만 5천 볼트의 전기를 보내는 송전탑 69개가 통과하는 밀양시 5개면 주민들은 송전탑 건설을 반대하는 싸움을 7년째 계속하고 있는데, 꼭 남의 나라 이야기 같이 들리는 것은 왜인가? 이 싸움에서 이치우 어르신이 목숨을 바쳤으며 주민들은 일상적 삶이 파괴되는 상상할 수 없는 고통을 당하고 있는데도 이 사회는 꿈적도 하지 않는다. 문학이 무슨 소용인가? 이 시점에서 물어보는 것도 의미 있는 일이라고 본다.

문학이 이런 엄숙하고 의미 있는 일이 되도록 스스럼없이 발을 들여놓는 데서 〈객토문학〉의 의미를 찾고자 한다. 아울러 어깨를 나란히 하고 이 의미 있는 일에 기꺼이 동참해 주신 강명자, 김영곤, 박구경, 박보근, 성선경, 양곡, 오인태, 오하룡, 이월춘, 이응인, 장인숙, 정선호, 표시목, 최형일 시인께 감사의 말씀을 드린다.

문학이 좀 더 삶의 한복판으로 다가갔으면 하는 게 동인들
의 바람이다. 그 바람이 곧 이루어지리라 본다.


2012년 9월
〈객토문학〉 동인

차례

강명자

# 아직 끝나지 않은 식사

소 잡는 날

들어선 식육식당에는 줄지은 사람들

손마다 핏빛 살점 뭉텅뭉텅 들려나가고

뼈는 뼈대로 해체가 되어 나간다


방마다 불고기판 벌어진다

살살 녹는 맛이나 보라며


우리 집 살이 찐 누렁이

겨우 외양간 벗어나 이곳 거쳐 갔을까

옆자리 슬금 끼어드는 기억 부풀어

목젖 가로막고

근육질의 시간

속력을 붙이기 시작한다


**강명자** 경남 의령 출생. 〈가락문학회〉 회원으로 활동하며, 현재 '의령예술촌' 사무관리 부장을 맡고 있다.

김영곤

# 동병상련

몇 해 전 시골에 구조조정 일더니
농민은 하나 둘 농토에서 밀려나고
하청업체 소들은 해직자가 되었다
노동법을 상실한 그들은
교섭권도 노동쟁의권도 빼앗긴 채
농민은 도회의 불빛에 매장되었고
소들은 호텔 같은 마구간에 묶여선
촌놈은 개처럼
사장이 곧장 시키면 시키는 대로
소는 돼지처럼
주면 주는 대로 받아먹고 살찌워
화려한 산업화 일등공신 되었건만
사람이 개가 될 수 없어
소가 돼지가 될 수 없어


살아 기약 없는 황량한 빈 들

저 머언 먼 하늘가 망망하게 번지는

한숨짓는 노모 해묵은 소울음 소리


**김영곤**　〈한국작가회의〉 회원이며 시집은 『골목길』(2005)이 있다.

박구경

# 또 다른 시멘트우리


지구의 곳곳에서 구제역과 고병원성 인플루엔자로 소 돼지 닭 등 700만 400만 1000만 마리씩 땅에 묻거나 불태워 살처분 하고 있는 가운데

또 다른 시멘트우리를 우려하며

마을을 통과할 수 없어 논밭길 산길을 빙빙 돌아 중산간도 로를 오르던 어떤 스님이 걸어온 길을 내려다보며 비명의 소머 리 모양으로 지나왔다고

살아서는 시멘트 축사나 철망 속에 질식할 것처럼 비좁게 살고 죽을 때는 산 채로 트럭으로 쏟아 붓고 있으니 질식은 굴 착기 소리도 소 돼지 울음으로 들린다고 했다

싸리회초리도 없는 인간은 겁약 나약하고 사악하기가 스스 로 무능하고 처연히 내리는 겨울비 소리는 분하고 원통하고 억 울하게 울고 있다 지금도

**박구경**  경남 산청 출생, 시집 『진료소가 있는 풍경』, 『기차가 들어왔으면 좋겠다』 등.

박보근

# 뒤끌갈이

삼가 조의를 표하노라.
환갑 넘기고 꺾어진 망종 보리 밭둑
무 한 다발 차려놓고
삼가 표하노라.
팔자 늘어진다는 푸른 눈의 노인 말에
덜컥 덮어 쓴 쇠머리탈 쇠가죽을 두르고
스스로 조문을 쓴다.

물씨 좋은 똥개 한 마리
불알 차고 난 우리네보다 값 좋던 시절에도
한 철 밥벌이가 옹골찼더이다
콧심 좋은 허리 밑에서 재껴져 나가는
아래 웃말 삼동네 옥답 벌건 속살 내음에
진일이나 마른일 따로 없었더이다
깜부기 그을음 날리는 들판
종자 망태기 든 사람 하나 보이지 않고
이렇게 쇠창살 사이에 갇혀

허벅지 비곗살이나 찌게 하느니
묏등 사래 긴 밭은 산신제에 올리고
흙내 좋은 엿골 구릉논 평토제로 바치고
영결종천 할랍니다.


누가 저 빈 들에 씨앗 하나 묻어주오
내 후생에 되 나거들랑
다시 갈아엎어 보고 싶소
무 한 다발을 먹고
목메어 울컥이다 몇 마디 우물거리고는
봄도 봄 같잖은 3월 하늘에다
목을 빼고 곡을 한다


박보근   1992년 무크지 『한민족 문학』으로 등단. 〈진주 청년문학회〉와 〈경남작가회
의〉 회원으로 활동하고 있음.

성선경

# 소

어머니
나는 죽어서 소가 되고 싶습니다
푸우푸우 거친 숨을 내뿜으며
이 나라의 크나큰 어머니의 들녘을
젖가슴같이 부드럽게 갈아 일구어
푸르디푸른 보리밭을 가꾸는
튼튼한 농우소가 되고 싶습니다
은혜로운 이 땅의 일꾼이 되어서
푸른 싹을 위하여 쟁기날을 끌다가
저 한 몸으로 이 땅을 다 일구지 못하면
죽어서 북이라도 되어
잠 깨어라 잠 깨어라
삼천리 둥둥 가슴을 울리는
소가 되고 싶습니다 어머니.

* 출처 : 성선경, 『바둑론』, 문학의 전당, 2004.

**성선경**　1960년 경남 창녕에서 태어나 1988년 『한국일보』 신춘문예에 시가 당선되어 작품 활동 시작. 시집으로 『바둑론』, 『모란으로 가는 길』, 『몽유도원을 사다』, 『옛사랑을 읽다』 등 다수. 김달진 월하지역문학상, 경남문학상, 마산시 문화상을 수상했다.

# 소

후치나 쟁기로 잠 덜 깬 논·밭을
갈아엎던 시절이 못내 그리운 듯
우리에 갇혀 움메움메 울음 우는
우리나라 황소들이여
송아지송아지 얼룩송아지
부르던 동요조차 점점 사라지는 칡소들이여
푸줏간에 내걸리는 고깃덩이의 질량으로
모든 가치가 결정되는 같잖은 세상이여
봄날이 오면 잠 깊은 논·밭을
갈아엎던 시절이 못내 그리운 듯
길거리에 나서서 혹은 광장으로 나아가
촛불을 밝혀들고 움메움메 울음 우는
우리나라 부룩데이들이여

---

**양곡** 1984년 '개천문학' 신인상으로 등단, 시집으로 『어떤 인연』, 『길을 가다가 휴대
전화를 받다』 등이 있다.

오인태

# 눈, 목격자의
— 생매장되는 축생들을 애도하며


바람은 남의 몸을 빌려 울지
아니, 울고 싶은 누군가의 몸에 들어가
함께 울어주는 것이지


눈, 뜬 채 묻힌,
수백만, 저 착한 축생의 붉은


눈, 천지 가득
차디찬 살의, 뜨거운 죽음의 행렬


눈, 뜨고 차마 볼 수 없는
살, 광경을 목격한 바람의


눈, 죽고 사는 일처럼
하얀, 붉근


눈, 훌쩍 훌쩍

내리는데, 가만 쌓이는데

때로는 바람의 몸을 빌려 울고 싶은 날이 있지
아니, 바람의 몸에 들어가
구만리장천 휘돌며 펑펑 울고 싶은 날이 있지


* 출처 : 오인태, 『별을 의심하다』, 도서출판 애지, 2011.

**오인태**　경남 함양 출생. 1991년 『녹두꽃』으로 등단, 시집으로 『아버지의 집』, 『별을 의심하다』 등.

오하룡

# 소야, 소야

소야, 소야, 불쌍한 소야,

어쩌다 이제 너희들은

우리의 다정한 농사꾼 소가 아니다.

아침이면 농부와 들판에 나가

들바람 쐬고 농사일에 열중하는 소가 아니다.

농사일 역시 고되고 힘드나

농사꾼이 정성들여 끓인 소죽을 먹고

피로를 풀고 이튿날 다시

일상을 농사짓는 농사꾼 가족이 아니다.


순전히 쇠고기 육괴로만 계량되는

슬픈 시대를 맞고 있다.

그 육괴 값이 똥값이어서

너희 갓 태어난 송아지를 더 키우지 않고

송아지 특식으로 처리한다는 소리를

태연히 듣는 시대를 맞고 있다.

마땅히 어쩌겠는가.

이 처절한 시대를 소야, 소야,

안타까운 불쌍한 소야.


**오하룡**　1940년 구미 생, 1975년 시집 『母鄕』 등단, 시집 『잡초의 생각으로도』, 『별향』, 『마산에 살며』, 『창원별곡』, 『내 얼굴』, 시선집 『실향을 위하여』, 동시집 『아이와 운동장』이 있음. 마산시문화상, 경남도문화상, 한국농민문학상, 시민불교문화상, 경남아동문학상 수상.

이월춘

# 반추反芻를 꿈꾸다

덩치 좋은 소 한 마리

뒷산 중턱에서 풀을 뜯고 있는데

소나무 가지 하나가 슬쩍 다가와서

쿡 옆구리를 찔렀는지

하늘을 바라보며 슬그머니 드러눕는다

저 되새김질은 무조건 네 번씩 참는 것

그만 마음다잡이하고 내려가라는 말씀

뜯어먹은 풀만큼 내 걱정은 사라지는데

이제 지구는 내 꺼다 음메-

큰일났다

**이월춘**  경남 창원 출생. 1986년 무크지 『지평』과 시집 『칠판지우개를 들고』로 등단. 〈진해문협〉, 〈경남문협〉, 〈경남작가〉, 〈한국작가회의〉, 〈가톨릭문협〉, 〈경남시인 협회〉 회원, 시향 동인 시집 『그늘의 힘』, 『산과 물의 발자국』 외.

이응인

# 소로 태어난 나를 위하여

나는 소로 태어났기에
살해되어 땅에 묻힌다.


논밭을 갈고 수레를 끄는 소가 아닌
사람 입에 들어가기 위한
고기로 태어났기에
난도질당할 뿐이다.
차가운 시멘트 바닥에서
구제역 걸려 떨고 있었기에
그 불안한 자세 때문에
숨통이 끊어져
땅에 묻힐 뿐이다.


내가 소로 태어나지 않고
요릿집 아이로 태어났더라면
내가 내 고기를 씹고 있을까?
소로 태어나지 않고

사료판매업자로 태어났더라면

독약 섞은 밥을 먹고 있을까?


내가 돼지로 태어났더라면

개로 태어났더라면

내가 나를 죽였을까?

사람으로 태어났더라면

만물의 영장靈長이라면

소가 소를 먹는 세상을 용납했을까?


소로 태어난 나는

사람인 내 손에 죽어

묻힐 뿐이다.


**이응인**　1987년 무크지 『전망』 5집에 시를 발표하면서 등단. 시집으로 『그냥 휘파람
새』, 『어린 꽃다지를 위하여』 등이 있다.

장인숙

# 아버지의 소

작년 우리 소가 먹었던 사료가 얼마나 되는지
그 증빙 서류 떼 오라고 뒷집 이장은 일찍 전화를 걸어왔다


"소 두 마리, 내 앞으로 바꿔놓았으니 이제 아버지 소는 없
다."


들은 소리도 있고 해서 사료 판매부로 갔다
어머니 이름으로 바꿨다 했으니 당연히 소는
어머니 식구로 등재되어 있을 줄 알았는데
직원은 아버지를 대란다


아버지! 불렀더니 거기엔 큰 소 한 마리에 새끼 소 한 마리
두 마리의 소가 딸려 나왔다


백 이십 일이 지났건만 아직도 우리 집 소는 아버지 소였다


호적등본에도 빨간 줄이 그어진 아버지는

큰 소 한 마리와 새끼 한 마리의 똥을 치우고 마른자리를 봐
주는

여전히 고된 주인이었던 것이다




**장인숙**  〈의령문인협회〉 회원, 〈경남작가〉 회원, 시집으로 『그대가 보내준 바다』 등.

정선호

# 소를 키우는 일

아버지는 생전에 소를 몇 마리 길렀다
소는 집안의 든든한 일꾼이었으며
자식들 공부시키는 집안의 버팀목이었다
형제는 어려서부터 소에게 풀을 먹이고
아버지 같은 소 덕분에 학교를 다녔다
형은 아버지를 이어 소를 더 많이 키웠다
벼농사는 많이 지어도 남는 게 없어
소 키워 조카들 키우고 학교에 보냈다

그렇게 소는 짐승 이상의 것인데
나랏일 보는 이들 농민의 생각 무시하고
미국과의 FTA 법안을 강제로 밀어붙였다
값싼 소고기가 밀물같이 들어온다면
더 이상 한우는 농사일을 할 수도
농부의 자식들 공부시킬 수도 없게 된다

하지만 아직도 희망은 있다

온갖 수사로 국민을 속였음이 밝혀진
나랏일을 보는 이들 바꾼다면
다시 이 땅에서 누런 소를 볼 수 있다
소의 눈망울을 닮은 사람들은 안다
진실하고 거짓을 떨쳐버린 역사는
반드시 다시 오고야 말 것임을


**정선호**  충남 서천 출생, 창원대 국문학과 대학원 졸업, 2001년 경남신문 신춘문예에 시 당선, 2003년 『시와 상상』으로 작품 활동 시작. 시집 『내 몸속의 지구』가 있으며, 현재 『시와 상상』 기획위원, 〈한국작가회의〉 회원으로 활동하고 있음.

최형일

# 고삐

저물녘 허름한 갈비탕집 들어 설 때까지도 몰랐다.

남루한 멍엘 옷걸이에 걸쳐놓고 떠올린 국물 한 숟갈

뜨거운 목젖을 데우며 잠길 듯 풀려 나오는 외마디

음~메, 엄~메

아~베, 음~메

골골이 빨다가 건져 올린 뼈다귀 서넛

앙상한 고갱이처럼 살라던 당신의 고삐였습니다.


중학교 학비 몫에 꼴망태 하나 들춰주시며

푸른 섬진강 너머 너른 세상으로 등 떠밀며

마음에 소 한 마리 매주시던 그 날,

무딘 뿔과 푸른 갈기가 채 여물지 못했던

바람 같이 드센 여남은 시절이었습니다.

**최형일**　전남 구례 출생. 1990년 「詩와 意識」으로 등단. 시집 『나비의 꿈』 등이 있다.

# 하루

사료공장 기계가 멈추자
주인의 사랑도 멈췄다


굶어 죽어가는 아이를 보면서도
눈길조차 건넬 수 없어
이럴 수는 없다고
이럴 수는 없다고
음메 음메 — 소리쳤던
그녀의 얼굴엔 어둠이 깔리고


그저 배고픔에 허덕거렸던
지난 하루가 꿈만 같다


**표시목**  양덕여자중학교 3학년에 재학 중이다.

# 귀향

잿더미로 변한 마을
산골은 온통 폐허였다.

소는 언제부터 혼자 웅크리고 있었는지
뿔뿔이 6.25 피난을 떠났다 돌아오는
마을사람들을 맞았다.

숨이 차오르도록 몸을 부려도
풀어준 고삐를 찾아
제 발로 돌아오는 길들여진 본능
소에게도 전쟁보다 더한 막막함은
살길을 찾는 것이었는지 모른다.

서로 믿을 구석처럼 밭고랑을 타던 그 살길
이젠 사료 빚을 사이에 두고
명줄을 당기며
소는 굶어죽고 주인은 곪아가며

서로에게 원망의 깊은 골이 되었다.


중간상이 골수를 빼먹듯
텅 비어버린 외양간
소도 주인도
살길을 찾아 다시 돌아갈 길이 없는
이 잿더미 같은 폐허

# 노간주나무

겉모습만 보고
향나무인줄 알았던 나무


뾰족하게 깍은 끝으로 생살을 찔러
소 콧구멍 사이로 고리를 채우는
코뚜레 나무


얼핏 보아 그럴 듯해도
속내가 서로 다른 나무


코뚜레 끼우는 날
피를 흘리면서도 그렇게 울지 않았던 소
영문도 모르는 구제역 생매장 더미에서
간 쓸개 다 드러내고 키우던 주인처럼
속을 쏟으며 아우성을 쳐도
방법이 없다더니


살처분 끝났다고
수입소고기 양을 늘리고

FTA가 불가피한 선택이라

피해 농민들이 양해를 해달라고 코를 건다.


목숨을 내놓고

그래도 지켜줄 것이리라

나라를 맡기고 맡았던 속내가 너무 다르다.


**노민영** 경남 마산 출생. 『경남작가』로 등단.

# 牛公이시여

내가 牛公을 두고

고향을 떠나기 전에는

牛公과 나는 늘 붙어 다녔습니다

우리는 늘 한 통속이었습니다

우리 사이에는 신뢰가 있었습니다

여름이나 겨울이나 牛公은 늘

내 소관이었습니다


나는 公 이 먹는 것을 보면

내 배가 부른 듯 언제나 좋았습니다

나는 公의 식사 담당이었습니다

내가 그런 살붙이 같은 公을 남겨 두고

떠나온 지 어언 몇 십 년


그 땐 풀만 먹던 牛公이었습니다

지천으로 널린 푸른 풀만 좋아하던 牛公이었습니다

그땐 公을 수입 곡물로 사육하지 않았습니다

그땐 公을 수입 약물로 비육하지 않았습니다


지금 公의 커다란 눈에는
눈물이 고였습니다
대를 이어
한민족의 농경사회를 번성케 한
숭고한 公의 희생을
우리가 어떻게 갚겠습니까


公께서는 뼈가 으스러지도록 일하였습니다
이제 公의 희생으로 발전을 이룩한 이 땅에서
公께서는 살점의 가치로만 남았습니다
하지만 그 살점마저도 이제
다국적 살코기에 밀려나
크나큰 한으로 남게 되었습니다


죄가 크기도 큽니다
牛公이시여!
牛公이시여!

# 소

누렁소가 있었다

누렁소가 끌던 쟁기가 있었다

누렁소가 부치던 사래 긴 밭이 있었다

누렁소가 짊어지고 가던 가계가 있었다

누렁소는 그때 소처럼 일하였다


후치를 지게에 얹고 누렁소를 앞세워

밭으로 나가던 아버지의 아침이 있었다

누렁소와 더불어 농사지은

열 마지기 볏논을 추수하던

열두 식구의 가을이 있었다

식구들의 따뜻하고 행복했던 겨울밤이 있었다

다시 봄이 오면 밭 갈고 씨 뿌리던


그 농가에는 소를 돌보던 소년이 있었다

새벽이면 고삐를 쥐고 누렁소를

풀밭으로 이끌던 소년이 있었다

소년의 꿈을 담던 꼴망태가 있었다

둥실둥실 배부른 소를 몰아

석양 무렵 집으로 오던
소년의 휘파람소리가 있었다


학교를 졸업한 소년이 기술자를 꿈꾸며
소를 외양간에 묶어두고
도시로 떠나던 아침이 있었다
공장에서 기술을 배우고 양수기를 만들고
탈곡기를 만들고 경운기를 만들고
소년이 만든 경운기가 농가에 보급되고


급기야 더 이상 농가에서 할 일이 없어져 버린
누렁소의 기막힌 운명이 있었다
소년은 노동을 얻었으나
누렁소는 노동을 잃었다
노동을 잃었다는 의미가 무엇인지
그때 농가의 식구들은 아무도 알지 못하였다


누렁소가 끌던 쟁기가 없어졌다
누렁소가 부치던 사래 긴 밭에 아파트가 들어섰다

이제 농가의 살림을 위해서

누렁소가 할 수 있는 것은

고기로 시장에 팔려 가는 일 뿐

누렁소는 더 이상 농가의 식구가 아니었다


기술자가 천직이라 여기던 소년은

어느덧 청년이 되고 잔업하고 철야하고 특근하고

소처럼 일하였다

훌륭한 기술자가 된 소년이 회사를 발전시키고

해가 거듭 될수록 회사는 눈부신 발전을 이룩하고

성능 좋은 자동기계들이 들어오고

생산성이 좋아진 회사는 급기야

기술자의 생계를 위협하였다


미리 예고되었던 것처럼

불안한 밤이 있었다

아이들 대학 등록금이 벅찬 형편에서

이렇다 할 이유도 모른 채 해고통지서를 받던

우주가 멈춘 듯 막막하던 아침이 있었다

줄담배 연기가 시야를 가리고 하늘을 가리고
스멀스멀 기술자의 미래를 지워버리던
저녁이 있었다
노동을 잃었다는 의미가
세상을 송두리째 빼앗기는 일임을
비로소 알게 되었다

소머리국밥집에서 소주잔을 기울이며
헝클어져 버린 식구들의 미래를
풀어보려는 고뇌의 밤이 있었다

노동을 빼앗은 뒤에는 조각조각 해체해서
가격표를 붙이는 세상
그러나 소처럼 일하고도 이제는
고기로 던져 저 싸디 싼 가격표조차 갖지 못하는
현실!
이 시간은 자유! 자유!
신자유주의의 깊은 밤이다

**문영규**  경남 합천 출생, 시집으로『눈 내리는 저녁』등.

# 막순이

그해여름

냉해가 덮쳐

벼알들은 여물지도 못한 채

꼿꼿이 말라 갔다


농사 빚은커녕

아홉식구 먹을 식량도 못 건져

뜬내 나는 정부미로 밥을 안치던 엄마는

아궁이 앞에 앉아 울고

아버지는 여물 솥에 불 지피며 울 때

화등잔 같은 큰 눈

다섯 살 우리 암소 막순이도 울었다


한 구유 가득 소죽을 퍼먹이던 아버지

뒷동산으로 송아지를 내    던 나는

산 밑 아랫배미 막순이가 지켜낸

그 논에서 매애. 매애 같이 울었다

소를 팔지 않으면 논을 팔아야 했던

그해 겨울

송아지는 기어코 소장수 집까지 따라갔다가

그날 밤을 자고

코뚜레를 꿰서야 돌아왔지만

송아지도 나도 잊을 수 없는 눈동자 있어

슬픔에 겨운 봄을 맞곤 했다.


송아지는 새끼를 낳고 대를 이어

논을 갈고 밭을 일구며

아버지랑 여섯 새끼를 길러냈지만


이제 소는 들판에서도 밥상에서도

밀려나 동화속의 누렁이로 남았다.

# 1984년 그때도 이랬어

아버지가 시집 밑천으로 떼어주신

암송아지 한 마리


동생들 함께 키우느라 돈 모을 새도 없이

임자 생겨버린 맏딸에게

이 송아지 잘 키워서 한 이백 받으면

시집가라고 주신 송아지

무럭무럭 크는 걸 볼 때마다 내 사랑도 키웠던가


송아지가 한창 중소가 될 때 그 즈음에

청혼을 해왔던 눈빛이 선하던 그 사람과

결혼을 하고 싶었다.

세상이 아름다운 줄 만 알았던 시절


84년 그 해

광주의 아픔이 산 너머의 일이어서

안락의 꿈 꿀 수 있었나

황매산 등성이를 까고 거대한 목장이

들어서서 호주산 얼룩소들이 정상을 누비는

'힘이 곧 정의'를 외치던 독재자의 고향
그 뒷산 기슭에서 결혼을 꿈꾸던 내게 무슨 죄 있어
'소값파동' 폭탄 내게 떨어졌나

이십 만원에 소를 팔았다.

정치가 나와 무슨 상관이냐고 방관했던
무지한 청춘, 그 순응의 대가로
나는 빚 시집을 갔고
한국소는 외양간에서 쫓겨났다

그때부터였던가
외양간 송아지 한 마리
산등성이 나무 한그루의
삶마저도 좌우지 한다는 걸 알게 된 것이
1984년 그 해 12월
나는 죄인처럼 시집을 갔고
남편은 아직도 그 때 갚아준 빚이 아깝다

2012년 지금

외양간에서 쫓겨난 한우들은

수입산 사료 값도 못 대는 처지의 주인 밑에서

굶어서 죽고 있다.

정치가 또 소들을 죽이고 강들을 죽이고 ……

산천초목이 제일 무서워해야할 것이 정치다


**박덕선**　경남 산청 출생, 무크지 『살류쥬』, 『여성비평』으로 등단.

# 가카


알고 있니
아님 이미 까맣게 잊어버렸니


공포에 질려 비명을 지르는 그 동그란 눈을
절망 속에서도 새끼를 지키려던 그 슬픈 어미의 눈물을
구덩이에 뒤엉켜 눈도 못 감는 수백만 그 원망 가득한 눈빛을


보고 있니
아님 못 본체 하고 있니


돼지고기 쇠고기
수입이 수출보다 더 많다는 건 누구나 다 아는 사실인데
수출을 위해
구제역청정지위국으로 남겠다던 너
대량 살처분으로 몰려온
수입 쇠고기 돼지고기에 짓눌려
축산농가 압사당해도 뒷짐 지고 있는 너

그런데 참

넌,

정말 누구니?

# 결단이 필요하다

붉은 기름 둥둥 띄우며

식탁위에서도 보글보글 끓고 있는

내장탕 한 그릇

먹음직스러워 보이지만

친숙하고 구수한 옛 맛은 찾을 수 없다


내가 못난 탓일까

이놈의 태생이 의심스러우니

의심이 의심의 꼬리를 물고


그쪽 나라에서는 돈 주고 버려야할 폐기물들

우린 왜 돈 주고 수입해 먹는 걸까

너무 가난해 싼 맛으로

아니면 우리가 너무 착해

그쪽 나라의 버리는 수고를 덜어주기 위해


아무래도 찜찜해

그냥 참을까

미친 소가 오락가락하니

밥 한 끼 때우는데도
결단이 필요하다

**배재운** 경남 창녕 출생, 시집으로 『맨얼굴』 등.

# 배반의 시대

아버지를 일찍 여읜 나에게
소는 아버지 같았습니다

가난의 멍에 대신 지고부터
새벽을 여는 희망의 워낭소리로
무논을 써레질하며 쟁기로 밭고랑 일궈
집안을 지켜온 적금통장 같은 존재였습니다

가마솥에 소죽을 끓일 때마다
시린 시절 따뜻하게 구들장처럼 데워준
포근한 아버지의 마음이었습니다

아버지
서로의 믿음도 부끄럼 없이
모르는 척 힘 따라 돌아눕는
눈치 빠른 이 배신을 보십시요

태평양을 건너온 황사바람 내세워
마구간을 갈아엎고 써레질해
아버지를 절벽으로 내모는 올무 되어
숨통을 콰악 콱 조이는
지금은 배반의 시대입니다

# 한미FTA

고삐당기는 방향 따라
이리가고 저리 가며
시키면 시키는 대로 일했다

나라님 말씀대로 대출받고
나라님 말씀대로 지은 농사
한해를 망치고 무거운 빛을 져도

가뭄과 홍수의 날씨 질끈 씹고
올해는 운이 없었다고 되새김질하며
원망과 보상 바라기보다
먼저 내년 농사 걱정했던 농민들

소도 먹어야 살고
소가 살아야 나도 사는데
배보다 배꼽이 더 큰 사료 값 앞에
또 소 한 마리 죽어가고 있는데

열심히 일한 것도 죄가 되는지

산 입에 부리망 씌워 묶어놓고

징글징글 피를 빨아먹는 너는

사채업자 같은 악질 가분다리이다

**이규석** 경남 함안 출생, 시집 『하루살이의 노래』 등.

이상호

# 생구

한때는 생구生口였다


이제 우리는
너를 생구로 여기지 않는다
오로지 돈으로만 환산되는, 오늘
너는 생구의 권리마저 빼앗겼다


구제역을 차단한다는 명목아래
안락사 독극물주사(근육이완제)도 모자라
살아있는 생명을 한 구덩이에 생매장시키는
이 살처분의 현장에서
발버둥 치며 절규하는 네 앞에서
너의 생구로서 자유로운 자가 있겠는가


구제역에 살처분당하고
턱 없이 오르는 사료 값 평계에
굶어 죽어야 하는 너

우리는
더 이상 너를
생구라 부르지 않는다

**이상호**　경남 창원 출생, 시집으로 『개미집』이 있음.

# 우리 소

우리 소는,
큰누이가 시집갈 때 울던 소입니다


논 갈고 밭 갈던 아버지,
이라, 좌라, 워- 그 말
잘도 알아듣던 소입니다.


눈썹 하예 진다던 섣달그믐날
어머니가 외양간에
촛불 환히 밝혀주던 소입니다


강가에서 멱을 감을 때도
풀밭에서 네잎클로버를 찾아 헤매던 때도
동무이던 소입니다


그 외양간에 우리 소가 없습니다

캄캄한 밤입니다


어머니 품 같은 고향마을,
마을마다 금줄을 치고
사람들 눈에는
슬픔과 분노의 핏발이 섰습니다


아버지가 웁니다
우리 소가 웁니다

# 우리소가 죽었다

우리소가 죽었다


살아 있는 우리소가

굶어 죽었다


치솟는 사료 값 감당치 못해

송아지도, 어미 소도

차마 눈뜨고 볼 수 없는

처참한 주검


구제역으로 살처분 당한

가축의 숫자가 100만 마리를 넘었고

올 초 10여 마리의 소가 굶어 죽은

순창군 56살 문 모씨의 농장에서

또 5마리의 소가 아사했다*


구제역에 생매장 당하고

굶어 죽어가면서도 새끼에게 젖을 물리는

그 소를 지켜만 봐야 하는

농심의 눈물이 얼마이더냐

우리소가 죽었다
우리도 이미 죽었다

* 2011년 1월 7일 『서울신문』과 2012년 1월 10일 『노컷뉴스』 참조.

**정은호** 경남 진주 출생, 시집 『지리한 장마, 그 끝이 보이지 않는다』 등.

# 소는 없다

산 같은 몸집에 머리가 낮아 양손하고

순한 눈엔 강물이 흐른다

암수구분 없이 정수리 양쪽에는 둥근 뿔이 짧게 솟았다

양, 벌집, 천엽, 막창이라는 네 개의 위를 가졌고

되새김질을 하는 솟과의 포유류다

1600년 전부터 사람과 함께 살기 시작했다

코뚜레를 끼웠고 멍에가 지워졌다

일평생 사람과 논밭을 일구었다

생구生口라고 불리며 사람과 함께 살다 죽었다


논밭에 든든하게 서 있던 소가 떠났다

소꼴을 베고 소죽을 끓이던 할아버지도 떠나고 없다

외양간을 떠난 소들은

굴레를 벗었다

논이나 밭에서 일하지 않아도

축사에서 나날이 뒹굴며 놀아도

공장에서 만들어 낸 사료를 먹고 살찌워졌다

한 집의 재산이고 자랑이었던
그 소들은 이제 어디에도 없다


기계의 발달로 기업형 농사가 되고
너나없이 농촌을 떠나면서
기계가 농토를 일구어 갔다
할아버지 시절 속에서 다큐드라마 워낭소리로
시간이 넘어 갔다
거대한 축사에 갇혀 살만 찌워가던 소들은
맘대로 먹지도 맘대로 뛰지도 못했다
정보가 입력된 바코드 찍힌 귀표를 달고
저마다 등급이 매겨진 상품이 되어갔다


푸른들판의 바람처럼 평화롭던
그런 소는 이제 영영 없다

# 마이웨이

천년의 시간을 거뜬하게 건너왔다

산업화의 거센 물결도
아비규환의 처절한 구제역 제단도
내 길을 막을 수는 없었다

푸른 들판을 뒤로 한 채
굶어 죽어가는 새끼를
안쓰럽게 바라보기만 해야 했다
일만 원의 송아지를 앞세우고
장관에게 대통령에게 길을 묻고자 나섰다

애초에 길은 그곳에 있지 않았다
이십여 년 누리던 천수는 다 어찌하고
이렇게 요절해야만 하는지

천년의 시간을 뚜벅뚜벅 걸어온
나의 길은

**최상해** 강원 강릉 출생, 2007년 『사람의 문학』으로 등단. 창신대학교 음악과 플루트 전공.

# 코뚜레

코뚜레 풀던 날을 잊을 수 없다 했어요
이제 일하지 않아도 된다며
경운기 앞에 세워두고
소 등을 쓰다듬을 때 뒷걸음치던 소를
결코 잊을 수 없다 했어요

소팔자 상팔자라는 말도
얼마가지 못했지요
도시로 도시로 떠나는 이웃들처럼
아버지 달랑 남은 소 한 마리 팔아
도시에 정착하고부터는
소처럼 일했지요
도망치다 시피 버리고 온 고향땅을
깡그리 잊어 버렸지요
아파트 벽을 밭고랑처럼 타고 페인트칠 하다
쳐다본 하늘이 고향 하늘을 닮기라도 하면
막걸리 잔 앞에 놓고

먹먹한 가슴 쓸어내리기도 했고요

멀리서 들려오는 소 울음 같은 소식들이

어두운 골목을 돌아오기라도 하면

소등을 타고 내리던

굵은 땀 냄새를 떠올리기도 했으나

애써 잊어 버렸지요


삼백예순날 죽어라 일을 해도

여섯 식구 둘러앉아 따뜻한 밥 한 그릇

편히 나눌 수 없었고

갈수록 몸뚱이는 가뭄에 논바닥 타들어 가듯

바싹바싹 말라갔지요

한미 FTA만이 살길이라고

힘주어 말하는 티브이 속 현란한 입들을 보며

농협 대출로 경운기 한 대 들여놓고

'고생했다' 소를 위로했던 날

슬금슬금 뒷걸음치는 소를

왜 잊을 수 없다 했는지

이제야 알 것 같아요

# 그저 애틋함이다

애틋하다는 말은
너무 애틋하여,


내가 기계를 쓰다듬거나
아버지가 소의 등을 어루만지거나 할 때
절로 솟아
온 몸에 퍼지기도 하지만


어디 애틋함이 그저 만져 본다고
무작정 쓰다듬는다고
마음을 내밀기라도 할까마는


멀리
저녁노을을 가만히 가로지르는
지난날들


이건 후회가 아니다


나날이 애틋함이란

그저 모래처럼 잡히지 않는

쌓였다 허물어졌다

바람 같은 것


갈수록 왜소해지는 기계의 등을

소의 눈을 지그시 바라볼 줄 아는

아버지의 나이가 되어서야


애틋하다는 말은

너무 애틋하여,

**표성배** 경남 의령 출생. 1995년 제6회 마창노련문학상으로 등단, 시집으로 『개나리 꽃눈』, 『공장은 안녕하다』, 『기찬 날』 등.

# 눈물 1

넓은 벌판 끝에서
해설피 울음 울던 너는
새끼 키우고 논밭 갈아
우골탑을 세웠지

온갖 농기계에
너의 수고로움 내어주고
우사에 묶인 뒤
시간 맞춰 쏟아지는
일용할 양식에 입맛 들여
돈이 되는 살을 만들었지

살이 될 양식이
너의 몸값을 넘어나자
멈추어진 되새김질

가쁜 숨 몰아쉬며

먼,

먼

석양 널린 벌판을 그리는

허망한 눈동자에 맺힌 피눈물

# 눈물 2

어찌하여
맑은 보름달 같은 두 눈에
눈물만 담았느냐


산비탈 긴 밭이랑을 갈고
무논 서래 질을 하여도
아버지 썰어 주던 짚여물 한 통에
순종할 줄 알 던
너는


어찌하여 ……

**허영옥**　경남 의령 출생, 『경남작가』로 등단.

# 3부  〈탈핵 희망〉의 시

노민영

# 인류의 반역자

온실가스와 환경오염을 줄이는 지속가능한 성장
청정에너지로 신성장동력과 일자리를 창출하고
신국가발전의 패러다임이 핵심이라며
녹색성장을 내세웠던 당신

저탄소형 녹색산업 신재생에너지 보급정책에
슬그머니 핵발전소 증설을 끼워 넣는 꼼수를 부리더니
이 땅 구석구석 파묻은 핵폐기물처럼
대를 이어 물려줄 영원한 재앙을 감추고
내 나라 남의 나라 할 것 없이
핵만이 발전을 가져온다는 전도몽상에서
헤어나지 못하는 당신

희망의 세상으로 나아갈 줄만 알았던
푸른 성장은 어디다 팽개치고
죽음으로 맞서는 농부들의 꿈을 박탈하고
피땀 흘려 가꾸던 푸른 들녘을 강탈한 자리에

비수를 꽂듯 기어이 핵발전소 송전탑을
바벨탑처럼 우뚝 세우겠다고
오만을 부리는 당신

자신의 국가나 민족 정의를 배반한 사람을
우리는 반역자라 부른다
하물며 인류의 미래를 암울하게 만드는
모든 핵을 신봉하는 당신을
우리는 인류의 반역자라 부른다

문영규

# 영혼의 목소리

"지금 미국을 비롯한
핵무기 보유국들은 당장
전량 폐기하라"
"후회는 어리석은 것
미래를 보고 현명하게 판단하라"

지금으로부터 오백년 뒤
참혹하게 오염된 이 산하
가엾은 후손의 목소리를 빌어
오늘을 사는 조상님들께 경고하노니

"모든 핵을 전량 폐기하라"

무뇌아로 태어난
후손의 영혼을 빌어 말하노니
핵폭탄이나 핵발전소나
인류를 파멸케 하는 것은

다 마찬가지


어리석음을 뒤늦게 후회 말고
즉각 모든 핵무기와 핵 활동을 폐기하라


나는 지금으로부터 오백 년 뒤 태어난
참혹한 지구
무뇌아의 영혼이다

박덕선

# 아름다운 상상

아프리카 사막에

무한정 쏟아지는 햇살

써도써도 닳지 않는

태양의 세례

사하라 사막에

햇빛발전소를 세우자

그 뜨거움이

뜨거워서 굶어야 하는 아이들에게

선진국의 핵발전소가 내린 저주에

죽어가는 아프리카에

하늘의 은총이 내리게 하는거다

굳이 죽자고 우기며

밀양의 산마을 이치우 할아버지네

고향에 송전탑을 세워서

나고 돌아갈 그네들 고향 뺏어야 할까

꼭 산들의 정수리에 쇠탑을 세우고

나무들의 영혼을 빼앗아

인간의 집에 불을 밝혀야 할까

핵 안보 정상회의는

핵 위험으로부터 지구를 지키자는 말

핵발전소 건설과 송전탑은

무엇으로부터 누구를 지키자는 안보인가

태양이 뜨겁고 절절하게

지구를 사랑하는 이유를

밀양 상동 어른들은 아셨던 것이다

아프리카 사막 그곳에

넘쳐나는 태양의 은총을

지구가 골고루 나눠 주는 안보회의를 해야 한다

배재운

# 공익을 위한다면

천분의 일 천만분의 일

사고 날 확률이 그만큼 적다는

나열된 숫자들은 불안전을 숨기기 위한 포장일 뿐

백 프로 안전하지 않으면

언젠가 백 프로 사고가 일어나게 되어있다

후쿠시마를 보라

그 엄청난 재앙과 또 언제 터질지 모르는 위험부담에

독일이 포기하고

일본도 손들은 작금

핵 발전을 찬양하고

765kv 송전탑 건설을 밀어붙이는

막무가내들이여


휴대전화 전자파도 몸에 해롭다하는데

핵발전 765kv 송전선은 괜찮은가

나와 내 자식들이

그 곳에

어쩔 수 없이 한평생 묶여 살아야 한다면
그래도 정말 안전하다 말할 것인가


막무가내들이여
그대들이 가장 잘 하는
무조건 밀어붙이는 그 대단한 고집으로
대안을 찾아라
토목공사에 원전 건설에 쏟아 붓는 돈으로
절약할 방법을 찾고
대체 에너지를 개발하라
진정 나라를 위하고
공익을 위한다면
당장은 조금 어렵더라도 길은 거기에 있으니

이규석

# 살인행위

먼저
사람이 살아야 한다


누구나 살아야할 이유가
똑같이 있는 밀양시민의 가슴에
낯간지러운 보상으로 생색내며
초고압 송전탑 쇠말뚝을 쾅쾅 박겠다고


어쩔 수 없다 이해를 해달라
고향을 버려도 양보를 바란다는
입장 바꿔 생각해 보면 답이 뻔한
지나가는 소도 웃을 일이다


조용히 뿌리내려 사는 사람들 앞에
안전하다 안전하다는 불감증으로
아무리 씌우고 덮어씌우려 해도
일본의 엄청난 핵 그 재앙을 보면

결국 우리 모두 똑같이

죽는다는 걸 알았으면 좋겠다

이상호

# 반성한다

한 때는 나랏일이 우선이라 생각했다
나라가 있어야 백성이 있다는 말을
찰떡같이 믿었던 때가 있었다

한 때는 지역이기주의라 생각했다
부안에 방폐장이 그랬고
청정지역인 김해 무척산 일대에
폐기물 소각장이 들어서는 것을 반대하는
주민들을 보면서 그렇게 생각했다

밀양을 관통하는
765송전탑 문제가 불거졌을 때도
남의 일인 줄 알았다
이치우 어르신이 몸을 불살랐을 때도
나는 그 이유를 깊게 알려 하지 않았다

단순히 먹고 사는 일이 바빠서

내 일이 아니라

내 사는 곳이 아니니까

나와 직접 관계되는 일이 아니니까

남의 집 불 보듯 그렇게 생각하고

그렇게 행동했다


나는 오늘 내 믿음을 반성한다

나는 오늘 내 생각을 반성한다

나는 오늘 내 무관심을 반성한다

나는 오늘 내 행동을 반성한다

정은호

# 원전이 사람의 생목숨보다 더 귀한 것입니까

세 살 묵은 아도 아이고 생각 있는 어른들이

이거 뭐하는 것이 다요

멀게는 체르노빌과 가까이는 후쿠시마 원전사고에

온 지구가 벌벌 떨지 않았던가요

설마 모른다고 하진 않겠지요


원자력발전소가 우리처럼 자원이 없는 나라에선

삶의 질을 높였다고 떠들어 대지만

지금도 대를 이은 원폭의 피해자들이

고통속의 나날을 보내고 있는 것을 보면

대안 에너지를 찾는데 힘을 모아야지요


담배 열 개비보다 방사능 가슴사진 한방이

더 몸에 해롭다는 걸 잘 알잖아요

알다시피 덜 성숙된 나라들만 원전에 혈안입니다

대한민국이 성숙된 나라입니까

기름 펑펑 쏟아지는 중동이 성숙된 나라입니까

그런 중동에 원전을 수출하겠다고
우리나라 대통령까지 나섰습니다
소위 문명국가들은 원전을 줄여가고 있는 마당에
대한민국 청년들이 다시 또 중동에서 일할 수 있게 되었다고
제2의 중동 시대를 열었다고 정부는
무슨 커다란 성과처럼 말하고 있습니다


얼마 전 76만 5천볼트 송전탑건설을 반대하다
이치우 어르신이 생목숨을 끊었습니다
원전이 사람의 생목숨보다 더 귀한 것입니까

최상해

# 2011년 9월 22일 목요일(맑음)

우리 할머니 할아버지 마을에는 철탑이 3개나 들어서고
밀양 전역에는 69개가 세워진다고 한다
송전탑 하나 세우는 비용이 30억이나 들어간다는데
나는 어느 정도의 비용인지 모르지만
철탑이 마을로 오면 피해가 커져도
정부의 에너지 정책이라 그냥 감수해야 한다는 말에
아버지는 또 열을 올리신다

할아버지 할머니는 매일 시청 앞에 모여
대책을 요구하는 시위를 하는데
허리도 아프고 이러다 오래 못 살 것 같다고
아버지는 수화기를 들고 몸조심하시라는 말만 했지
별 말 없이 한숨만 쉬었다
2011년 9월 22일 유엔 원자력안전 회의 기조연설에서
'원자력 이용은 불가피하며 후쿠시마 원전 사고가 원자력을
포기할 이유가 되어서는 안 된다'며 우리 대통령이 연설을 했
다는데

사실 무슨 말인지 잘 모르겠다

다만 할아버지 할머니 생각하면 열심히 공부해서

핵발전소 대신 다른 대안에너지를 내가 개발 해야겠다

다짐해 본다


밀양에 송전탑이 들어선다고 할머니 할아버지를 뵙고부터

우리 집엔 비데도 안 쓰고 안 쓰는 전기코드 뽑기는 기본이고

언니는 헤어드라이 때문에 짜증을 내기도 했지만

사실 에어컨 없이 올 여름을 처음 넘겼는데 집에 있기가 싫었다

그래서 안 가던 도서관엔 자주 갔다

그래도 엘리베이터를 타지 않고 10층인 우리 집까지

걸어서 올라오고 내려 가봤는데 힘들어 죽는 줄 알았다

한 번 해 보고 그냥 엘리베이터 탔다

반 아이들은 아직 이런 문제에 대해 별 생각이 없다

할아버지 할머니가 보고 싶다

표성배

# 요지부동 搖之不動

독일 메르켈 정부는 2022년까지 모든 핵발전소를 폐쇄하
겠다고 약속했으며 이탈리아에서도 핵 발전을 재개하려던 정
부의 계획이 무산됐다고 한다 2011년 3월 11일에 일어난 후쿠
시마 핵발전소 1,2,3호기가 폭발한 후 현재 일본 핵발전소 54
기 중에 단 두 기만 가동되고 있지만 '전력 대란'은 일어나지 않
고 있다 반면 이명박 정부는 삼척과 영덕을 신규 핵발전소 부
지로 선정하며 핵 발전 확대를 재촉하고 있다 아랍에미리트에
이어 터키와 동남아시아에도 핵발전소를 수출하려 하고 있으
며 심지어 마이니치신문은 한국이 도쿄전력의 원전기술자를
스카우트 하려 한다며 맹비난을 퍼붓고 있지만* 이미 하늘같
은 국민의 목소리를 차벽으로 차단한 경험이 있는 MB정부는
밀양을 관통하는 초고압 송전탑건설을 반대하며 분신한 이치
우 할아버지의 죽음 앞에서도 요지부동이라 하느님도 어쩌지
못한다

* 2012년 3월 2일 『레프트21』 참조.

허영옥

# 빠른 뉴스

희망으로 부풀어야 할 새해 벽두
각종 매체에선 종말론이 나도니
딸아인 공부도 않겠단다.

몇 차례 경험으로
종말론 같은 건 없다 잘라 말하며
텔레비전을 켜는데
일본의 원전 폭발에 관한 뉴스가
화면을 가득 메우고
방사능이 어떻고 핵물질이 어떻고
한반도 상공에서 방사능비가 내릴 가능성들을
긴장과 걱정이 담긴 목소리로 뱉어놓는다.

"시청자 여러분,
지구 최후의 순간이 다가오고 있습니다.
개발의 미명하에 파헤쳐지고
발전과 편리의 이름으로 지어 놓은

오대양 육대주 곳곳의 원전이 지진과 쓰나미로 폭발하고 있
지만
정부는 어떠한 일도 할 수 없다고 합니다
안타깝지만
가족과 함께 최후의 순간을 맞으시기 바랍니다.
이것으로 한 발 빠른 뉴스를 마치겠습니다."


멍한 머릿속의
숨 가쁜 아나운서의 말이 끝나기도 전에
쓰나미와 지진으로 폐허가 된 일본과
이어폰을 꼽고 뭔가에 열중하고 있는
딸아이를 바라보면서
나는 아무 것도 할 수가 없었다.

# M 바이러스

한번 걸리면 오랫동안 잠복하고
그 개체수가 늘어나 양성반응을 보이면
심한 강박증세를 보이고
피를 말리기도 하는 근심 덩어리
가까운 가족에 치명적인 전염성을 보이고
서서히 주변과 격리되기 시작한다.

면역력이 바닥까지 떨어지면
무기력하여 활동이 줄어들고
시간을 지체할수록 불안초조해지며
앞을 가늠할 수 없을 만큼 점점 흐릿하고
주기적으로 목을 조르는 고통이 턱까지 차오를 때
회생하지 못하면
삶의 고비를 넘기지 못하기도 한다.

오로지 스스로의 처방과 치유를 통해
털고 일어날 수밖에 없는

암담하고도 지루한 고독한 투병

천금 같이 달고도 냉혹하게 쓰디쓴 독


연명을 위한 수혈바이러스

반쯤 눌린 숨통을 따라 똑똑 흐르는 링거처럼

불규칙한 맥박을 재촉하기위해

온라인 전산망을 타고 수시로 체크되고 있다.

# 돌연변이

복사지가 찌그러지면서
기계작동이 멈추어 섰다.

조작의 틀에 순순히 말려들어
원본을 따를 수 없을 때
제 몸을 구겨 버려서라도
복제를 강요하는 모든 작동을 거부한다.

걸림돌은 반드시 제거 되어야 한다고
에러신호가 깜빡거리며 경고를 하는 사이
일그러질 때로 일그러진 난해한 언어로
혼자 새까맣게 중얼거린 복사지
부당한 복제를 거부하며
생존을 위해 진화하고 있는 중이었다.

조작에 오류가 없는 한
가냘픈 종이 한 장이
감히 엄청난 기계의 힘에
어찌 반동을 가할 수 있겠는가.

# 저녁 무렵

저녁 무렵 사람들은 무표정의 가면을 쓰고 집으로 온다 배낭을 메고 쇼핑백을 들고 장화를 신었거나 플라스틱 샌들을 신고 거뭏게 그슬려서는 처그득 처그득 사과 농장에서 돌아온다 지친 근육을 부추기며 주인의 잔소리에 가슴도 시꺼매서는 목덜미에 땀수건 하나씩 걸친 채로 돌아온다 [홍농종묘]차광모자를 깊숙이 눌러쓰고 일당으로 받은 단돈 오 만원 만지작거리며 일행과 헤어지는 골목에서는 손 한번 들어 배웅하고 그때 잠시 슈퍼 쪽을 한 번 힐끗 보고는 그냥 골목으로 사라진다 강아지 한 마리도 그를 따라 골목으로 사라졌다 기다렸다는 듯 땅거미가 무대의 막처럼 빠르게 내린다

# [술술 풀리는 집] 화장지

꽉 막힌 서민 경제와 상관없이

벗들이여 잘들 계시 온지

잘 자시고 잘 싸시고

맺힌데 없이 잘들 사시는지


꽉 막힌 자영업 경제와는 상관없이

얼마 전 집 옮기고

벗들이 사다 준

[술술 풀리는 집] 화장지 풀리 듯


꽉 막힌 비정규직 경제와는 상관없이

술술 시집 읽고

술술 글도 쓰며 이 몸은

맺힌데 없이 잘 지내오이다


꽉 막힌 최저임금 경제와는 상관없이

우리 못 본지 오래인가 하오이다

이번 가을에는

꽉 막힌 일용직 경제와는 상관없이
전어나 한 접시 합시다
곁들여 세발낙지 멍게도 썰어놓고
소주 한잔 합시다

소주 마실 때 갑갑하게
꽉 막힌 경제 이야기하지들 마시고
술술 풀리는 자식 이야기
술술 풀리는 재테크 이야기나 하면서

꽉 막힌 경제와 상관없이
[술술 풀리는 집] 화장지 풀리 듯

# 갱년기, 여자

갱년기를 의식하는 순간
내 모든 헤맴은 증상이 되었다
사랑하는 일에 무심하고
가슴으로 말하기 힘겹다고

크레인 위의 투사도
아프리카의 눈물도
무연한 일상 속에 내버리는 것

사랑할 수 있는 에너지
꽃 피울 수 없는
봄볕 앞에 혼자 들뜨고
얼굴만 붉게 타는 이유를
병적현상으로 명명하며

여자, 고치 속으로 돌아가는
누에처럼 투명해지고 있다

한때는 집이었던 여자
여름 숲 같던 여자
그득한 열매 같던 여자
홀로 덥히고 홀로 얼리며
겨울의 경계에서

여자, 한파 앞의 자식들
위해 광장으로 돌아갈 일이다

크레인 위의 그녀도
갱년기의 여자였다.

# 이 시대의 모던타임

아홉의 아이가 나란히
멋진 몸매와 예쁜 얼굴 유전자를
유산으로 받았으면 좋겠다고 대답 한다

한 아이만이
뛰어난 두뇌를 받고 싶다 한다

졸지에 소수자가 되어버린
한 아이는
좋은 머리로 돈 벌어서
고치면 되지 않느냐는 주눅 든 목소리

그러니까 남은 한 아이마저 모두
첨단시대의 필수조건이라 세뇌 받는
비주얼교의 신봉자인 것이다.

공부 못하는 건 용서해도
얼굴 못생긴 건 용서할 수 없고
얼굴 못생긴 건 봐줘도

뚱뚱한 건 못 봐 준다는
시퍼런 인습이 된 유행어


위대한 독재자 스크린 앞에서
아이들은
몸짱 제조기 컨베어 벨트위의 바비 인형처럼
소녀시대 춤을 추고 원더걸스가 되기 위해
교과서를 펴고 볼펜을 돌린다.


시험점수 속에 나열된
거대한 상업주의의 미끈한 이음새가 되기 위해
성형비를 벌고 헬스비를 벌어야 하므로
문제를 맞히고 점수를 올리는 것이다.


낭떠러지가 나올 때까지
기차는 멈추지 않을 것이다

# 내 그릇

때를 놓친 점심

허기진 배가

국수 한 그릇에다

사리 한 줌 더 얹어보지만

내 그릇에는

이미 나잇살이 차 있어

더는 담을 수가 없네


지난 시절

세상이란 넓은 식탁 앞에서

내 것이다

다 내 것이다

팔을 뻗어

더러 욕심을 부렸지만

품을 수 있는 건

고작

곱빼기 한 그릇 정도가 전부였던 것을

마음은 아니래도
자꾸 몸이 가는 것을 어쩌랴
하루하루 쫓기듯 살아가는
가난한 아버지의 그릇은
늘 허기져 있으니

# 도마

투둑 투둑 야채를 썰다
주방 깊숙이 찾아온 한 줄기 햇살에
묻혀있던
오래된 상처를 본다

늘 받쳐만 주다 수많은 칼금을 안고
움푹 파인 도마
자식 위해
한평생 도마로 살다 가신 어머니

내 가슴에도 카네이션 달리고
그리고 몇 해가 더 흐르고야 비로소 보이는
이 묵은 후회
툭 툭
칼금 위에 부서지는 햇살이
소금처럼 따가웁다

# 아내와의 술자리

마주보고 앉아

밥상에 빠질 수 없는 김치처럼

일상의 이야기들 섞어

주거니 받거니 하는 사이


술기운이

감정을 흔들기 시작 하고


이런 날이면 어김없이

깊숙이 감추고 있던 말들

자신도 모르게 툭 불거져 나와

시퍼렇게 날을 세운다

아내는 저 쪽에서

털 것 털어내며 한 잔

나는 이쪽에서

뽑을 것 뽑아내며 한 잔

술자리를 자주 할 때마다
나란히 같이 앉을 자리를 위해
우리는 서로 모난 것들
부딪쳐 닳고 닳아가는 중이다

# 무명씨

북극성처럼 길잡이는 되지 못해도

어두운 하늘 밝히고 있는

저 많고 많은 별들


화려하진 않아도 모래알 같이

작아서 모여서 빛을 이루고


이름 모를 별들 있어

밤하늘이 저리도 아름다운 것처럼


북극성처럼 빛나지는 않아도

저마다의 색깔로 피고 지는 꽃들 마냥

아름다운 세상을 위해

소리 소문도 없이 제자리 지키며

묵묵히 홀로 반짝이는 사람들

# 습관

연필을 쥔 손이 떨린다


가끔씩 일어나는 현상이라
습관처럼 받아들였는데
십 년이 다되어 가는
예전 공장 생활이 떠오른다


온 종일
볼트 너트를 풀며 조이며 살아 온 날 들
임팩트를 놓을 수 없었던 날들


마음보다 몸에 배어버린
임팩트 따라 떨었던 손


몇 년째
직업이 바뀌었지만

노동의 댓가
몸이 먼저 안다

# 지지대

아내의 지청구에
앞서거니 뒤서거니
산을 오른다

오솔길 옆
얼마 전 심어 놓은
어린 은행나무 철쭉나무 웃자라 있다
가만 보니
은색 지지대 박혀 있고 가녀린 줄기 함께 묶어 놓았다

누구에게 의지한다는 건
서로에게 기댄다는 건
저처럼 서로 껴안아 마주보고 서는 일인 것일까

다시
산을 오른다

앞서거니 뒤서거니

# 돋보기

공장에서 쓰는 것

집에서 쓰는 것

언제부턴가

나는 늘 돋보기에게 프러포즈를 한다


돋보기를 끼고서라도

마음의 눈

마음의 그릇

키우고 볼일이다


잘게만 살아온 삶

크게는 살아보지도 못 한 삶

눈이 침침해지면서

내 프러포즈는 더 간절하다


실상은

가까이도 멀리도

못보고 산 허술한 삶

뻥튀기라도 해서
휑한 가슴 채우고 싶은 것이다

# 거울

아우야
살다가 힘들거든
나락짐 지고 논둑길 가던
아버지를 생각해 보렴

온종일
무논에서 모내기하며
힘들어도
농요 한 자락 칼칼하게 부르던
어머니를 떠 올려 보렴

한 평생 농사일에
이리 채이고 저리 채여도
허리 끊어질듯 아파도
자식 앞에
눈물 보이지 않으시던
내 아버지 어머니처럼

아우야

내 아우야

오늘은 거울을 보듯
아버지 어머니 마음을 한 번 들여다보아 주렴
찬찬히 보아 주렴

# 석류가 익어 가는 집

석류가 익어 간다는 길모퉁이 집을

진종일 휘돌았습니다

좀 더 가까이 다가가기위해 용기를 내기도 했지만

닫힌 대문은 좀체 열릴 기미가 보이지 않았습니다

식구가 단촐 하다거나 늘 누군가 대문을 지킨다거나

심지어 석류나무를 본 사람이 아무도 없다는

이야기도 있었지만 나는 믿지 않았습니다

석류가 익어 간다는 길모퉁이 집은

고요하기만 했습니다

대문이 쉽게 열리지 않는 것으로 봐서

털복숭이 개 같은 것은 없는 게 확실하고

애꾸눈을 부릅뜬 문지기 같은 것도 없는 게 확실합니다

그러나 나는 쉽게 대문을 두드릴 용기가 없었습니다

진종일 왔다갔다하며 생각한 것은

그리 높지 않은 담장을 보며

혹 키가 자라지 않는 석류나무도 있을까요

벌과 나비가 날지 않는 것을 보며

그런 나무에서도 석류는 열릴까요

이런 의문의 생각이 나를 키우기에 충분했습니다

여전히 열리지 않는 대문 앞을 서성이며

난 그만 가슴이 커지고 말았답니다

가끔 그 집 앞을 지날 때면

진종일 석류가 익어 간다는 소문만 무성하고

여전히 닫힌 대문 때문에 마음이 뛰기도 하지만

난 이미 알고 있답니다

저 견고한 대문과 낮은 담장 안에는

여전히 석류가 익고 있을 것이라고 말입니다

# 다스리는 일

이사 가려고 꼭꼭 넣어둔 적금

해살거리며 살가웠던 옆집 진수네가

급하다며 빌려 떠난 지 15년이 넘었지만

엊그제 일인 듯 잊히지 않고


1년에 한두 번 입을 뿐이라며 몸에 배인 작업복 입듯이

신혼 때 입었던 정장을 걸치고

조카 결혼식에 나서던 남편

그 왜소하던 모습은 내내 떠나지 않고


오랜만에 만난 동창은 반가움은 잠시

백화점 VIP고객이라 신상품 때마다

초대 받아 가는 길이라 바쁘다면서

카이스트를 졸업한 딸은

굴지의 대기업에 스카우트 되었으나

적성에 맞지 않는 것 같아

캐나다로 유학 보낸다는데


제대 후 다니던 학교마저 휴학 중인

하나뿐인 아들과 나란히 앉아

저녁 밥상을 앞에 두고

굶어 죽는 아이들에 관한 뉴스를 접하며

'너희가 주의 인자하심을 맛보았으면 그리하라' 하셨던

성경 말씀이

한 끼 밥을 굶어 본 적 없는 나를

더 허기지게 하는

# 그리고, 2012년입니다

해가 져도 별은 뜨지 않았다


밥을 먹기 위해 밥을 굶는 저녁 오늘도 도장 공장 옥상으로
오른다


옥상에 오르는 일도 바리케이드를 치는 일도 몸뚱이를 굴려
밥을 구하는 일도 스스로 결정 해 본 적이 없었다


언제나 그랬다 밤낮 작업라인에 붙어 잔업과 특근을 조립했
을 뿐 내일은 미래가 될 수 없었다


바위를 밀어 올리는 동안에는 어떤 해답도 찾을 수 없었던
시시포스처럼 조립라인에 몸을 맡기고 있는 동안에는 어떤 걱
정도 할 이유가 없었다


정리해고에 만신창이가 되고부터 생각하게 되었다

내가 굴려 올린 바위가 굴러 내리는 이유에 대해 바리케이드를 칠 수 밖에 없었던 어제에 대해 굴러 내린 바위에 깔린 시간에 대해 그러나, 언젠가는 저 바리케이드가 치워지고 또, 바위를 밀어 올려야 한다는 것에 대해


온전하게 생각할 수 있는 시간마저 쉽게 주어지지 않는 다는 것을 내가 만든 바리케이드에 내가 갇히면서 알게 되었지만 바위를 밀어 올리는 일을 내 스스로 그만 둘 수가 없는


여기는 쌍용 평택 대한민국 2009년입니다

# 자정에

누군가 나처럼 베란다에 서서 이 짙은 어둠의 등짝을 사정
없이 때리는 저 빗소리 듣고 있겠지, 그도 나처럼 지난 후회가
죽순처럼 솟아나 왈칵 눈물 맺힐까

# 아버지의 집

내 아버지 벌써
이 세상 소풍 끝나면 돌아갈 집을 장만 하셨다.

당신 손수 잔디도 심고, 비석을 세우며
비어있는 그날을 위해 걸어온 길 되돌아
행여 아픔이 되었던 날들을 쓰다듬는다
당신의 문패에 지워지지 않을 문신처럼 아로새긴
장남, 차남, 삼남, 장녀, 차녀, 며느리, 사위, 손자, 손녀
늘어선 이름들로
이승과 저승의 다리를 놓으시는 아버지

이것이
당신께서 자식들에게 주는
마지막 선물이라고

# 감자

씽크대 위에서
퍼렇게 독기 품고 노려보는 감자
화단구석으로 던져버렸다

봄소식 피고부터
아침마다 화단에서
앞 다투는 꽃들에게
사랑스런 눈길 주며
꽃샘바람에 얼까, 시들까
쓰다듬고 북돋우는데
눈길도 주지 않은 화단구석에
감자가 품은 독이 싹으로 파랗다

거름흙 듬뿍 얹어주며
몇 알의 욕심을 다독이는
내 손길 부끄러워 발갛다

# 기획시화전 '소'

이응인(시인)

'소'에서 잠시 숨을 멈춘다. 내 오른쪽 눈 밑에 커다란 흉터가 하나 있다. 어릴 적에 소뿔에 받힌 상처이다. 사람이 다쳤는데도 소를 혼내거나 내다 팔지는 않았던 것 같다. 예전에는 소가 가장 소중한 가족의 일원이었고, 집에서 가장 큰 일꾼이었다. 이제 세월이 흐르고 세상이 뒤바뀌어, 소는 우리 농민과 농업의 수난을 상징하는 존재가 되어버린 지 오래다. 존재 가치가 고기의 양과 값으로 계산되고 평가되는 소. 시인들은 이런 '소' 앞에서 뭐라고 말하기 전에 잠시 숨을 멈출 수밖에 없을 것이다.

여행객이 되어 여기저기로 돌아다니다 소를 만날 때도 있을 것이다. 냇가에서나 들판에서 한가로이 풀을 뜯는 소를 만나면, 일상에서 한 발 벗어난 여행객은 마음의 여유와 평온을 얻을지도 모른다. 이와는 달리, 농부에게는 하루하루를 함께 살아온 소가 있었다. 논밭에 나가 어두워지도록 함께 일하고 저녁이 되면 함께 쉬는 소. 그 시절 농촌에서 소는 삶의 동반자이자 가족이었다. 허리가 휘도록 일하고 돌아온 농부는 외양간에서 되새김질하는 소의 휴식이 얼마나 소중한지를 알았다.

모름지기 시인이란 이런 소의 말을 전할 줄 알아야 한다. 그러니까 여행객이나 농부가 할 수 없는, 소의 말을 전할 수 있는 게 시인이다. 시인은 그의 영혼을 비워 속에다 소를 들어앉혀야 한다. 그런 다음 소가 하는 말을 세상으로 되돌려 주어야 한다. 여기에 이르고서야 비로소 시인이라고 말할 수 있지 않을까?

깜부기 그을음 날리는 들판
종자 망태기 든 사람 하나 보이지 않고
이렇게 쇠창살 사이에 갇혀
허벅지 비곗살이나 찌게 하느니
묏등 사래 긴 밭은 산신제에 올리고
흙내 좋은 옛골 구릉논 평토제로 바치고
영결종천할랍니다.

누가 저 빈 들에 씨앗 하나 묻어주오

내 후생에 되나거들랑
다시 갈아엎어 보고 싶소

— 박보근, 「뒤끌갈이」 중에서

시인은 이렇게 소 울음을 토한다. '종자 망태기 든 사람 하나 보이지 않'는 들판은 이미 끝장난 곳이 아닌가? '쇠창살 사이에 갇혀 / 허벅지 비곗살이나 찌게 하느니' 차라리 '영결종천할랍니다.'라고 절규하는 소가 인간보다 훨씬 인간적이다. '종자 망태기' 잃어버린 줄도 모른 채, '쇠창살 사이에 갇혀 / 허벅지 비곗살이나' 찌우고 있는 건 소가 아니라 바로 우리들 자신의 모습이라고 해야 할 것 같다. 이게 무슨 짓인지도 모르고, 어떻게 돌아가는 판인지도 모르고, 그냥 고기 맛에 미쳐 있는 인간에게 소가 고하고 있다. 시인은 이렇듯 소의 목소리를 듣고 옮길 줄 아는 존재이다.

누렁소가 있었다
누렁소가 끌던 쟁기가 있었다
누렁소가 부치던 사래 긴 밭이 있었다
누렁소가 짊어지고 가던 가계가 있었다

— 문영규, 「소」 중에서

그랬다. 그때는 누렁소가 사래 긴 밭을 갈고, 누렁소가 가계를 짊어지고 갔다. 누렁소가 없으면 가계는 더욱더 휘청거릴 수밖에 없었다. 일에 있어서는 인간은 누렁소의 보조였다. 그랬기에 누렁소는 진정 소중한 가족이었고 또 그렇게 대접받았다. 그 누렁소를 돌보는 일은 아이들 몫이었다.

새벽이면 고삐를 쥐고 누렁소를
풀밭으로 이끌던 소년이 있었다
…… (중략) ……
석양 무렵 집으로 오던
소년의 휘파람소리가 있었다


학교를 졸업한 소년이 기술자를 꿈꾸며
소를 외양간에 묶어두고
도시로 떠나던 아침이 있었다


소년에게도 도시는 가슴 두근대는 꿈이자 눈부신 미래이기도 했다. 소년은 '공장에서 기술을 배우고 양수기를 만들고 / 탈곡기를 만들고 경운기를 만들'었다. 그러자 '누렁소가 끌던 쟁기가 없어졌다 / 누렁소가 부치던 사래 긴 밭에 아파트가 들어섰다 / 이제 농가의 살림을 위해서 / 누렁소가 할 수 있는 것은' 제 살점을 내다 파는 일뿐이었다.

누렁소는 더 이상 농가의 식구가 아니었다

'소년은 / 어느덧 청년이 되고 잔업하고 철야하고 특근하고 /
소처럼 일하였다.' '회사는 눈부신 발전을 이룩하고 / 성능 좋
은 자동기계들이' 청년의 자리를 빼앗았다. 노동으로 살아온
청년에게 해고통지서는 '세상을 송두리째 빼앗는 일'이었다.

그러나 소처럼 일하고도 이제는
고기로 던져 저 싸디 싼 가격표조차 갖지 못하는
현실!

— 문영규, 「소」 중에서

고향을 떠나온 소년이 걸어온 길은 누렁소가 걸어온 길과
같은 운명이다. 누렁소를 버리고 떠날 때부터 소년의 운명은
이미 결정되어 있었던 것인지도 모른다. 산업화, 도시화가 가
져다 준 헛된 꿈. 소년은 중년이 되어서야 그 꿈에서 깨어났다.
꿈에서 깨어났을 때, 너무나 멀리 떠나왔기에 되돌아갈 엄두
조차 내기 힘든 현실이 그의 눈앞에 버티고 있었다. 그러나 고
깃덩이로 전락한 누렁소는 여기서 주저앉지 않는다.

푸른 들판을 뒤로 한 채

굶어 죽어가는 새끼를
안쓰럽게 바라보기만 해야 했다
일만 원의 송아지를 앞세우고
장관에게 대통령에게 길을 묻고자 나섰다


— 최상해, 「마이웨이」 중에서


'굶어 죽어가는 새끼를 / 안쓰럽게 바라보기만 해야 했'던 소는 절망과 슬픔의 끝에서 그냥 쓰러지지 않는다. '일만 원의 송아지를 앞세우고 / 장관에게 대통령에게 길을 묻고자 나섰다.' 시인은 소의 목소리를 통해서 '장관에게 대통령에게 당당하게 따지지 못한 너희는 무어냐?'고 되묻고 있다. '일만 원의 송아지'라는 구절에서는 소보다는 농부의 목소리가 더 짙게 묻어 있긴 하지만.

푸줏간에 내걸리는 고깃덩이의 질량으로
모든 가치가 결정되는 같잖은 세상이여
봄날이 오면 잠 깊은 논밭을
갈아엎던 시절이 못내 그리운 듯
길거리에 나서서 혹은 광장으로 나아가
촛불을 밝혀들고 움메움메 울음 우는
우리나라 부룩데이들이여

— 양곡, 「소」 중에서

  이 시에 이르면 '소'는 촛불을 든 시민의 모습과 겹쳐진다. 그들에게는 '논밭을 / 갈아엎던 시절'의 기억이 뿌리 깊이 박혀 있다. 그러니 '고깃덩이의 질량으로 / 모든 가치가 결정되는' 세상을 어찌 두고 볼 수 있겠는가? '촛불을 밝혀 들고' '울음 우는' '부룩데이'가 되어 '광장으로' 나설 수밖에 없다. '소'라는 낱말만 떠올려도 잠시 숨을 멈출 수밖에 없는 뼈아픈 역사가 우리 앞에 현재 진행형으로 펼쳐지고 있다.


* 봄바람 매섭던 3월 24일, 마산문학관 뜰에서 〈객토문학〉 동인의 〈소 기획시화전〉이 시작되었다.